AF321437

24 Heures
à Bagnoles
ET
Tessé-la-Madeleine

(Extraits du Nouveau Guide-Memento
de Bagnoles-de-l'Orne)

PAR

Le Dr F. PEYRÉ

MÉDECIN CONSULTANT A L'ÉTABLISSEMENT THERMAL
Villa « Le Campanile », à Bagnoles-Tessé-la-Madeleine

Château de la Madeleine ou de la Roche Bagnoles

Prix : **20 centimes**

ISSOUDUN
H. GAIGNAULT, ÉDITEUR
15, Rue Victor-Hugo, 15

DU MÊME AUTEUR :

Du cystodrainage hypogastrique dans les rétentions d'urine et certaines affections de la vessie. Henri Jouve, éditeur.

Sur un cas de phlébite grave. G. Steinheil, éditeur.

Guide-Memento de Bagnoles de-l'Orne. G. Steinheil, éditeur.

La circulation du sang. (*Le petit Bagnolais.*)

Variétés sur les régimes. (*Le petit Bagnolais.*)

A propos des indications de Bagnoles-de-l'Orne. (*Le petit Bagnolais*).

Conseils à ceux qui ont dépassé la quarantaine. (*Le petit Bagnolais.*)

Les cures atmosphériques (*Le petit Bagnolais*)

Le massage viscéral. (*Communication au Congrès d'hydrologie d'Alger*, 1909.)

Nouvelle méthode de massothérapie sous-marine à Bagnoles-de-l'Orne (pour favoriser la circulation générale et plus particulièrement la circulation veineuse du ventre et des membres inférieurs). (*Communication au Congrès international de physiothérapie*, Paris, 1910)

Nouveau Guide-Memento de Bagnoles-Tessé-la-Madeleine. H. Gaignault, éditeur.

24 HEURES A BAGNOLES

ET

TESSÉ-LA-MADELEINE (Orne)

Le nombre de ceux qui viennent passer seulement 24 heures dans notre charmante station augmente chaque jour. Ce sont des personnes voulant à l'avance retenir un logement, des maris accompagnant leurs femmes, des touristes en excursion, etc.

Pour ces hôtes de passage, ce qu'il faut, c'est moins un guide complet avec toutes ses analyses, ses techniques, ses excursions lointaines, ses fastidieuses nomenclatures, qu'un simple extrait de ces guides, relatant seulement ce qu'on peut voir dans une journée et ce qui peut laisser au visiteur l'impression la plus nette et la plus agréable.

C'est pourquoi nous publions cet opuscule, en grande partie extrait de notre « Nouveau Guide-Memento » et comprenant seulement la visite de la station, sa topographie et sa climatologie, les maladies qu'on y traite et quelques renseignements pratiques.

VISITE DE LA STATION [1]

Environ 6 kilomètres aller et retour

En sortant de la gare, après avoir franchi la ligne des automobiles, fiacres, omnibus, devant le charmant décor formé par les hautes crètes entourant le lac, deux chemins se présentent au voyageur : celui de droite, contournant les jardins du Grand Hôtel, nous montre la pharmacie Brunat, le bureau de poste auxiliaire, quelques boutiques, passe devant la villa de l'Hippo-drome, et, tournant toujours à gauche, permet de remonter à la gare, en traversant le joli square de Contades.

A gauche, l'avenue de la gare, la plus mouvementée de la station, descend entre deux rangées d'élégantes boutiques. On y trouve un peu tous les genres de commerce (agence, bazar, café, librairie, dentelles, objets d'art, etc.).

Elle aboutit à la place Méliodon, qui est située elle-même au pied de la chapelle de Saint-Jean-Baptiste (désaffectée) et de l'escalier monumental.

De chaque côté de celui-ci, partent les principaux bou-

---

(1) Nous conseillons de faire, en 1er lieu, et, de préférence, en voiture, la visite générale de la station, puis, dans la soirée, le parc de la Madeleine, et, enfin, dans la matinée, avant le départ, le parc de l'Etablissement thermal.

levards du Bagnoles-Fertois ou du nouveau Bagnoles, qui aboutissent à l'Elysée-Palace, ancienne maison de convalescence et de repos du Crédit Foncier de France.

La place Méliodon est traversée par la route de La Ferté qui, sur la gauche, conduit à ce chef-lieu de canton (6 kilomètres), en passant devant les hôtels Pasquier, Normandie et sous le pont du chemin de fer (1).

Sur la droite, cette route, appelée aussi rue de La Ferté, passe devant l'Hôtel de la Terrasse, quelques boutiques ou agences et conduit au Casino et au lac, bordé d'arbres séculaires.

Après avoir un instant admiré ce panorama, on peut prendre, à gauche, près du pont de la Vée, la magnifique *allée du Dante,* voûte de verdure et d'ombrages, longeant le torrent, au bas d'un entassement de rochers, témoins des antiques convulsions du sol, et l'on arrive ainsi à l'Etablissement Thermal. L'allée du Dante se continue, plus loin, sous le nom d'avenue de Couterne (2), jusqu'à l'entrée de belles prairies qui forment un tapis de verdure, aux pieds de la charmante agglomération de Tessé-la-Madeleine. Des deux côtés, c'est le même enchantement : des rochers, des arbres, de la verdure, le chant des oiseaux, le murmure du torrent. Mais, pour que tous ces paysages prennent un véritable air de féérie, il est indispensable que le soleil ajoute au décor sa note vivante et gaie.

Au lieu de prendre l'allée du Dante, ouverte aux promeneurs à pied seulement, on peut aussi traverser le

---

(1) Immédiatement après ce pont, à gauche, se trouve la route de Saint Ortaire (800 mètres) qui longe la voie ferrée.

(2) Comme l'allée du Dante, c'est une des plus agréables promenades de la station. Aussi, serait-il désirable que, dès à présent, en prévision d'un déplacement prochain des égouts, les pouvoirs intéressés prévoient sa prolongation le long de la rivière, non seulement jusqu'au pont de l'avenue des Thermes, qui conduit à Tessé-la-Madeleine, mais encore jusqu'à l'ancienne planche des Buats.

pont, près du lac. On arrive ainsi sur le territoire de Tessé-la-Madeleine, qui occupe toute la rive droite de ce lac et de la rivière la Vée.

On voit, aussitôt, à gauche, le moulin, et, en face, une belle galerie vitrée, le Cristal-Palace.

Si on continuait dans le même sens, on passerait devant l'hôtel de Paris, le garage Saulnier et on irait plus loin, soit à la Croix-Gauthier et au Manoir du Lys, soit au Château du Gué-aux-Biches et au carrefour de l'Etoile.

Mais, après le moulin, on prendra immédiatement à gauche la route de Tessé-la-Madeleine ou rue des Bains, qui longe la pension des Rosiers, l'hôtel de Bagnoles, le pavillon du Roc-au-Chien, au-dessous du légendaire rocher, et on arrivera devant la grille de l'Etablissement thermal, qui est le centre géographique de la station.

Après cette première étape et la visite des Thermes et du pavillon de la Grande Source, on pourra se reposer un instant, et admirer, dans son ensemble, le pittoresque de la gorge, représentant si bien, en miniature, les pentes abruptes et verdoyantes d'un des plus jolis paysages alpestres.

Le repos terminé, on partira voir l'autre partie de la station thermale, l'agglomération principale de Tessé-la-Madeleine.

On passera devant la belle terrasse de l'hôtel des Thermes, traversant ainsi la cour de l'Etablissement, pour regagner, par une seconde petite grille, la route de Tessé ou rue des Bains.

Sur cette route, nous rencontrons les pensions Cordier et Bel-Air, le square Desnos, la pharmacie Julien, une succursale de la maison F. Potin.

Là, commence, à gauche, le joli boulevard de la Madeleine, qui borde un des plus beaux panoramas de la station: Son horizon est barré, à une de ses extrémités, par la villa le Campanile, qu'on aperçoit, dans le fond, à côté de la belle villa « le Vallon », connue aussi sous le nom de ferme du Vallon, anciennement pension de famille et surtout thé très suivi.

Si, au lieu de prendre ce boulevard, qui, par l'avenue des Thermes, nous ramènerait à Bagnoles à travers les prairies, on continue la grande-rue de Tessé, on passe devant le bureau de poste principal, la pension Désiré, le Nouvel Hôtel de Tessé, près desquels on trouve aussi de nombreuses boutiques (coiffeur, café, épicerie, mercerie, etc.)

VILLA LE CAMPANILE
Boulevard de la Madeleine

Enfin, on trouve, à droite, près d'un champêtre lavoir, la belle avenue de sapins conduisant au château de la Madeleine ou de la Roche-Bagnoles, et on aboutit à la place de l'Eglise, que le Syndicat d'Initiative a fait récemment planter d'arbres et garnir de bancs.

Sur la place de l'Eglise, Hôtel de la Madeleine, librairie, café-restaurant et rudiment de marché, qu'on devrait bien développer.

A droite de la place, vers l'ouest, route de La Chapelle-Moche, où l'on trouve mairie, écoles et nombreuses villas, avec terrains à bâtir.

Face à l'église et à gauche, la rue de Javin (pension du même nom, quelques jolies villas) qui conduit à la belle promenade du Clos et de Montsoret (3 kilomètres), d'où on a une si belle vue d'ensemble sur Tessé-la-Madeleine et sa situation véritablement climatique.

De la même place, et faisant angle avec la rue de Javin, la route des Buards descend et conduit à la pension et au village du même nom (vue pittoresque), après avoir passé devant la pension Sans-Souci.

Immédiatement après celle-ci, on peut prendre, à gauche, la rue Yvette, bordée de magnifiques terrains à bâtir, pour regagner le boulevard de la Madeleine.

Ce boulevard, divisé en deux parties, dont l'une a déjà été aperçue à l'entrée même du village, forme à l'intersection de ses deux parties, un angle droit au niveau du rond-point du Campanile. Par sa situation exceptionnelle en bordure de la vallée, ses horizons de verdure, son voisinage du torrent, toute son exposition, en un mot, il constitue une des promenades les plus tranquilles et les plus recherchées. (On va, d'ailleurs, construire, sur un de ses côtés, un hôtel de tout premier ordre, le *Carlton Hotel.*)

Après l'avoir parcouru, revenir sur Bagnoles, par l'avenue des Thermes, qui conduit directement à l'Etablissement thermal, en côtoyant des prairies, traversant, à 150 mètres, le pont de la Vée, et pénétrant dans le parc, en face du garage, par l'avenue de Couterne, continuation de l'allée du Dante.

Si on n'est pas fatigué, on pourra aussi, en arrivant au carrefour des 5 chemins, près du garage, monter le boulevard de la Gatinière, pour revenir à Bagnoles par une des deux entrées libres du parc.

Si, même, la promenade se faisait en voiture, on devrait monter jusqu'à l'Elysée-Palace. On a, sur le trajet, de superbes points de vue.

De là, on regagnerait la place Méliodon par l'une des 4 avenues qui y aboutissent.

Ces avenues sont à visiter en détail, et doivent faire l'objet d'une promenade spéciale, tant le nombre et la variété des villas ont donné à ce ravissant coin de forêt, de charme discret et d'élégance de haut goût. On y trouve aussi quelques pensions. Beau-Site et Beaumont, sur l'avenue Lemeunier-de-la-Raillère, qui conduit à une des entrées du Casino, le Dante, sur l'avenue Paul-Chalvet, les Cyclamens, le Castel, les Glycines, Carmen, Saint-François, sur le boulevard Albert-Christophe, qui traverse la place Centrale et passe devant l'église du Sacré-Cœur, pour aboutir à l'escalier monumental, que nous avons déjà vu, au début de l'excursion.

Revenu à son point de départ, le promeneur aura pénétré la vie même de la station et remarqué, sans doute, son peu de mouvement apparent. Il aura compris qu'avec ses deux parties, si distantes l'une de l'autre et si étendues à la fois, avec ses baigneurs immobilisés le matin par le traitement thermal et marchant parfois très modérément le soir, on ne puisse constamment rencontrer, comme dans certaines villes d'eaux au traitement peu compliqué, une foule bruyante et compacte autour de quelque place centrale.

Mais cette dispersion discrète n'ajoute-elle pas au charme de la station, pour les visiteurs évadés des trépidantes métropoles, en quête d'une fraîche oasis.

Cette oasis, ils la trouveront non seulement dans les belles forêts du voisinage, mais dans la station même : ce sont ses deux parcs, deux perles d'un même écrin, dont la plume seule d'un poète peut décrire l'enchantement ; aussi, n'en donnerons-nous que la description la plus sommaire.

LE CHATEAU ET LE PARC DE LA MADELEINE
OU DE LA ROCHE-BAGNOLES

Partant de l'église de Tessé-la-Madeleine, prendre, à gauche, la belle avenue de sapins, qui conduit à la grille du parc. Monter la grande allée jusqu'au château. Sur le passage, magnifiques wellingtonias au tronc puissant.

Le château, de style renaissance, flanqué de 4 tours d'angle, fut construit en 1839. Le propriétaire, M. Goupil, s'est plu à l'entourer de plantations d'arbustes d'essence rare, qui montrent, par leur vigueur, l'excellente exposition du côteau.

Au coin du château, côté gauche, se trouve l'habitation du garde, où l'on demande les permis de circuler dans le parc, les aimables propriétaires accordant très largement ces autorisations.

Du terre-plein du château, l'on a une des plus belles vues de la contrée sur les confins des départements de l'Orne et de la Mayenne. On peut compter jusqu'à 18 clochers.

En montant une allée, un peu à gauche, on arrive à la chapelle du château, et, plus haut, on regagne la forêt d'Andaine, sous le dôme d'arbres majestueux recouvrant de larges tapis de bruyères et de myrtilles.

Si, du château, l'on préfère gagner la plate-forme du Roc-au-Chien, on suivra tout droit l'allée qui a déjà conduit devant le château, et qui monte légèrement. C'est une promenade que nous conseillons de faire surtout le soir, par un temps de soleil. Celui-ci, éclairant le lac, le Grand-Hôtel, les hautes cimes du voisinage, on a devant soi un paysage de féérie, justifiant amplement le renom de « Suisse Normande », donné au pays. Dans ce décor de verdure, l'Etablissement et l'Hôtel des Thermes, le pavillon du Roc-au-Chien, donnent leur note élégante et claire, tandis qu'aux pieds du Roc, court le torrent, et que se déroulent, en face, les péripéties d'un jeu de tennis.

Le chemin qui nous a conduits redescend en pente douce, en obliquant à gauche, sur la route de Juvigny, un peu au-dessus de l'Hôtel de Paris.

Avant de quitter le parc, remarquer, en passant, à gauche, sur le haut talus du chemin, de fort curieuses empreintes, laissées sur le grès (par le passage, dit-on, dans la contrée, d'animaux antédiluviens !!!)

LE PARC DE L'ÉTABLISSEMENT

(40 hectares)

Prendre, par l'allée du Dante, un sentier, qui côtoie la bordure des rochers, passe près de l'ancien tir à la cible, puis au-dessus du « Saut-du-Capucin », des réservoirs, de la chapelle, et de l'Etablissement thermal, dont on a une vue d'ensemble, et on arrive à l' « *abri Janolin* », qui est le point culminant. De là, on découvre un beau panorama comprenant le château de la Madeleine ou de la Roche-Bagnoles, la vallée de la Vée, et la coquette agglomération de Tessé-la-Madeleine, posée dans un nid de verdure et de fleurs, et dont les tons clairs ressortent particulièrement au soleil du matin. Quelques mètres plus loin, un sentier descend jusqu'à l'allée de la Reine, qui conduit au petit lac de l'Etablissement thermal.

Près des 2 rochers pointus, appelés le « Saut-du-Capucin », que nous avons vus, en face de la grille de l'Etablissement thermal, se trouve aussi un sentier, conduisant, en sens inverse du précédent, sur les hauteurs qui dominent l'entrée de l'allée du Dante : joli tableau, peu connu des visiteurs ; à ses pieds, les cimes des arbres de l'allée.

On peut aussi rayonner dans le parc par les avenues Mézeray, Desgenettes, l'avenue de l'Orne, qui conduisent au boulevard de la Gatinière.

De l'avenue de l'Orne, on pourra également gagner les grands boulevards de Bagnoles, par d'étroits sentiers, au nombre de quatre, dont les deux premiers vont rejoindre l'avenue Pluyette et la place Centrale.

Partout, on trouve des coins ravissants, où la beauté du site, le calme discret, les senteurs ozonisées de la forêt, donnent la plus douce impression de poésie et de réconfort.

Variante : Commencer la visite du parc par l'allée de Couterne et l'allée de la Reine, qui monte vers l'abri Janolin, en partant du petit lac, bordé de rhododendrons, près de la piscine.

TOPOGRAPHIE ET CLIMATOLOGIE

DE BAGNOLES

ET DE TESSÉ-LA-MADELEINE

Topographie.

ALTITUDE : 211 mètres à la source, 237 mètres à l'abri Janolin.

GÉOLOGIE : Le sous-sol est composé de grès stratifiés, séparés par une couche de schiste. Au-dessous de ces grès se trouve la masse granitique d'où émerge la source thermale.

SITUATION : A 248 kilomètres de Paris, 20 kilomètres de Domfront, chef-lieu de l'arrondissement, 20 kilom. de Briouze, où l'on quitte la ligne de Granville pour se diriger vers la gare de Bagnoles-Tessé-la-Madeleine.

La station de Bagnoles-de-l'Orne, sur les confins des départements de l'Orne et de la Mayenne, est située sur le territoire de trois communes : TESSÉ-LA-MADELEINE, LA FERTÉ-MACÉ et COUTERNE, mais, en réalité, forme deux agglomérations distinctes, plus spécialement dénommées *Bagnoles* d'une part, et *Tessé-la-Madeleine* d'autre part.

Leur variété de site et d'exposition, qui rend la situation administrative difficile et crée d'évidentes oppositions d'intérêts, est, en somme, ce qui fait le charme de la station et procure aux malades les avantages climatiques lés plus variés : les uns, préférant les frais ombrages et le mouvement de Bagnoles, les autres, la retraite plus calme et plus ensoleillée de Tessé-la-Madeleine.

Climatologie.

Climat : Tempéré. Aux plus fortes chaleurs de l'été, la température ne dépasse guère 30°, à cause des forêts environnantes et de la proximité de la mer (60 kilomètres à vol d'oiseau). Mais la moyenne de l'année est de 10°, avec tendance au refroidissement dès le coucher du soleil, comme dans les pays de montagne, ce qui nécessite le port de vêtements chauds. A Tessé-la-Madeleine, la moyenne est supérieure de 2 degrés environ.

C'est le cas de rappeler ici que les deux agglomérations de Bagnoles et de Tessé-la-Madeleine, qui composent la station thermale, « ont de toute évidence des caractères communs et des caractères différentiels ».

Les premiers sont : l'*altitude* (petite, il est vrai, mais où la pression atmosphérique tient sensiblement le milieu entre celle de la mer et celle de la montagne), la proximité des forêts, la perméabilité et la déclivité du sol rocailleux qui permet les promenades en tout temps sur un terrain sec, la tranquillité de l'atmosphère, sa purification par des averses assez fréquentes, la fraîcheur des nuits prédisposant au sommeil, la beauté captivante du pays.

Les caractères différentiels sont plutôt tirés de l'exposition particulière à chacune des deux principales collines auxquelles on peut ajouter la situation spéciale de la gorge et des bords du lac qui, à tous les points de vue, se rapprochent davantage de Bagnoles.

Il est certain, par exemple, que si l'ozone, les émanations balsamiques, l'état hygrométrique de l'air appartiennent plutôt à la colline de l'Est (Bagnoles), la durée de l'insolation journalière, la plus grande perpendicularité des rayons, entraînant plus de luminosité et une plus forte intensité des radiations chimiques, appartiennent plutôt à la colline du midi (Tessé-la-Madeleine.)

C'est pourquoi la Station reçoit quantité de visiteurs, venus non pour le traitement balnéaire, mais simplement pour la cure d'air et de repos.

Quoi qu'il en soit, les deux agglomérations sont toutes deux admirablement placées en plein « *bocage normand* », aux extrémités opposées de cette gorge (1) pittoresque et étroite, que son torrent et sa double bordure de rochers et de forêts ont fait surnommer la « *Suisse normande.* »

Des deux côtés, l'éloignement de la *Source* est à peu près le même. Les malades qui doivent, presque tous, aller aux bains en voiture, peuvent donc librement choisir entre Bagnoles et Tessé-la-Madeleine, sans se préoccuper de la distance, mais seulement de leurs besoins, des indications médicales et climatériques et de leurs convenances personnelles, comme prix, exposition, hygiène, confort, etc.

---

(1) Cette gorge, de formation volcanique, est due à une cassure de la colline de grès armoricain qui s'étend des environs d'Alençon au rivage d'Avranches. Sur une autre de ces cassures, se dresse le donjon de Domfront.

MALADIES TRAITÉES A LA STATION

On peut diviser ces maladies en deux groupes, suivant qu'elles se rattachent plus ou moins à la *spécialisation fonctionnelle* de la station, qui est la *lésion veineuse ou capillaire :*

Ier GROUPE

Affections directes du système veineux pour lesquelles Bagnoles est reconnue comme é'ant la station de choix, sans rivale ;

1° *Suites de phlébites aiguës* (atrophies musculaires, ankyloses, œdèmes, raideurs articulaires, névralgies) ;

2° *Phlébites chroniques* (rhumatismales, goutteuses, septiques, traumatiques) ;

3° *Périphlébites ;*

4° *Phlébalgies* (éréthisme, névralgies des veines) ;

5° *Varices* (internes, externes) ;

6° *Varicocèles ;*

7° *Hémorroïdes ;*

8° *Varicosités* (face, pharynx, membres) ;

9° *Ulcères variqueux ;*

10° *Sciatiques variqueuses.*

2° GROUPE

Affections diverses, traitées avec succès dans plusieurs stations, mais qui sont spécialement soignées et souvent guéries à Bagnoles, lorsqu'elles sont accompagnées d'un état veineux pathologique.

1° *Maladies des femmes* (vaginites, métrites chroniques (1), stérilité, accidents multiples de la formation, de la menstruation et de la ménopause) ;

2° *Rhumatismes* (simples, chroniques, noueux, d'Heberden) ;

3° *Dyspepsies* de forme atonique ; *entérites* (certaines formes) ;

4° *Affections vésicales, prostatites* ;

5° Quelques *affections du système nerveux* (chorée, hystérie, neurasthénie, paralysies périphériques) ;

6° *Dermatoses*, surtout avec épaississement de l'épiderme (acné, ichtyose, lichen, eczéma subaigu) ;

7° *Artériosclérose* ;

8° *Cardiopathies par stase veineuse* ou affaiblissement des contractions cardiaques ;

9° *Maladies par ralentissement de la nutrition* (goutte, gravelle, diabète, quelques cas d'obésité, etc.).

Ajoutons aussi que la station offre un séjour de choix pour les convalescents, les anémiques, les surmenés, etc.

CONTRE-INDICATIONS

1° *Les états aigus.*

2° *Les états cachectiques* (tuberculose, cancer, période ultime de l'*artériosclérose).*

N.-B. — *En résumé,* la station de Bagnoles-de-l'Orne ou de Bagnoles-Tessé-la-Madeleine, *régularisatrice de la circulation* par son eau thermale et ses techniques (bains, douches sous-marines, massages sous l'eau), *sédative*

---

(1) Surtout avec congestion passive de l'utérus et des annexes, hypertrophie douloureuse, atonie des fibres musculaires lisses, mollesse et relâchement des ligaments, varices pelviennes, etc.

par son ambiance générale et par son climat de faible altitude avec des nuances d'orientation et de site ; *tonique* par l'air ozonisé et les essences qui se dégagent de sa ceinture de forêts, peut être considérée comme une station de premier ordre pour une foule d'*états* non seulement *veineux*, mais *diathésiques* de tous ordres.

On y vient pour soigner ses varices, et, l'hiver suivant, on est tout surpris de ne plus voir apparaître ses rhumatismes, sa goutte, sa gravelle, ses dyspepsies, son entérite, etc.

Malheureusement, on a trop la fâcheuse habitude de ne soumettre à l'action thermale que des cas approchant plus ou moins de la période ultime de chronicité, déviations avancées de la nutrition cellulaire, dystrophies, ankyloses, lésions mal compensées du cœur ou des vaisseaux.

Quels ne seraient pas les succès obtenus, si, au lieu des cas chroniques, des diathèses invétérées, l'action spécifique dépurative et modificatrice de nos eaux était appliquée aux premiers symptômes, aux premiers troubles fonctionnels de l'organisme ?

Aussi, est-ce toute une légion d'enfants, fils de variqueux, de phlébitiques et même de cardiaques ou d'artério-scléreux, envoyés au hasard à la mer ou à la campagne, que nous voudrions voir évader de leur fâcheuse hérédité par des immersions salutaires dans notre grande *piscine*.

Bagnoles-de-l'Orne, agent de puériculture, centre d'hygiène préventive comme de médication rédemptrice, verrait ainsi, pour le bien de tous, s'étendre le champ de ses bienfaits thérapeutiques.

Renseignements Pratiques

COMMENT VENIR A BAGNOLES
TESSÉ-LA-MADELEINE

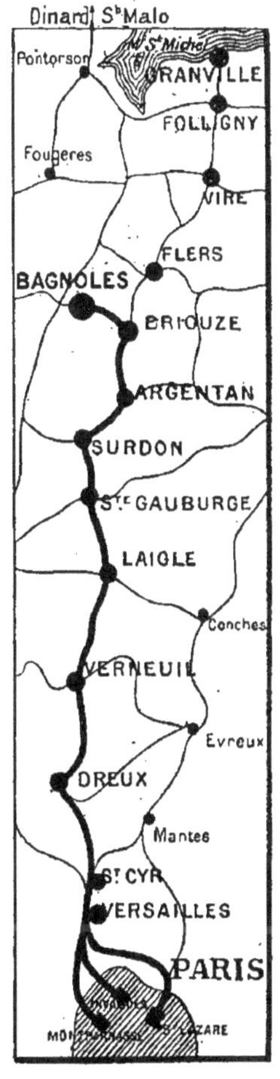

Billets d'eaux thermales

(du jeudi précédent la fête des Rameaux jusqu'au 31 octobre)

Toutes les gares du réseau de l'Etat, distantes de plus de 30 kilomètres de la station de Bagnoles-Tessé-la-Madeleine, délivrent pour cette gare des billets individuels dits d' « eaux thermales », valables, suivant la distance, de 3, 4, 25 et 33 jours et pouvant comporter jusqu'à 40 o/o de réduction.

Toutes les gares des réseaux de l'*Est* et du *Nord* délivrent aussi, pendant la saison d'été, des billets individuels d' « eaux thermales », pouvant comporter, suivant la distance, jusqu'à 40 o/o de réduction. Leur validité est de 33 jours, quand la distance dépasse 250 kilomètres.

La Compagnie P.-L.-M. accorde les mêmes avantages, mais seulement pour les billets de famille (4 personnes au moins).

RÉSEAU DE L'ÉTAT : Prix de quelques billets d'eaux thermales (Aller et retour)

GARES DE DÉPART	DISTANCE	ITINÉRAIRE	1re Classe	2e Classe	3e Classe	DURÉE DE VALIDITÉ	OBSERVATIONS
Paris (1)...	248 km.	Versailles-Dreux-Laigle Argentan-Briouze (emb¹).	38,90 36	26,25 24	* *	25 jours 4 —	Faculté de prolongation d'une période de 10 jours, moyennant le paiement d'un supplément de 5 °/₀.
Rouen	212 —	Rouen-Orléans-Bernay Stᵉ-Gauburge-Briouze.	35,85	24,15	*	25 —	
Rennes	171 —	La Chapelle-A. Domfront Couterne.	30,65	20,70	*	25 —	Faculté de prolongation de 2 périodes de 30 jours, moyennant le paiement d'un supplément de 10 °/₀ pour chaque période.
Nantes	293 —	Le Mans-Alençon.	39,75	26,85	17,55	33 —	
Le Mans....	109 —	Alençon-Couterne.	14,65	9,90	6,40	33 —	

* Au départ de ces gares, les billets d'eaux thermales ne comportent pas de 3ᵉ classe. Celles-ci paient le tarif ordinaire. De Paris. 3ᵉ classe, aller 12 fr. 20 ; aller et retour (5 jours) 19 fr. 55.

(1) Gare des Invalides : 4 trains express par jour, dont 2 n'existent qu'à certaines dates. Ceux qui ne changent pas sont ceux de 8 h. 10 du matin et 5 h. 15 du soir environ (Consulter l'horaire de la Compagnie en cas de changement.) Trains rapides supplémentaires les samedis et veilles de fêtes. Durée du trajet 5 heures. Du 15 mai au 30 septembre Voitures directes pour Bagnoles. En dehors de la saison, changement de train à Briouze.

Wagon restaurant — Déjeuner, 2 fr. 25 et 3 fr. 50 ; dîner, 3 fr. 50 et 5 francs, vin non compris ; n'existe pas toujours en dehors de la saison Il est quelquefois bon de retenir sa place à l'avance, notamment le matin, où il vaut mieux prendre le premier service à Laigle.

LISTE (1) DES HOTELS DANS LES DEUX PARTIES DE LA STATION :

Grands hôtels

BAGNOLES-TESSÉ-LA-MADELEINE

Hôtel des Thermes.
En projet pour 1913 :
  Carlton Hôtel.

BAGNOLES-LA-FERTÉ

· Grand hôtel.

Hôtels

de Bagnoles (1).

de la Madeleine (2).

Nouvel hôtel de Tessé (3).

de Paris (4).

Elysée Palace (5).
de la Gare (6).
de Normandie (7).
du petit Bagnoles (8).
de la Terrasse (9).
Vidcocq (10).

Pensions de famille

Bel-Air (11).
Bon Samaritain (12) (2).
Les Buards (13).
Cordier (14).
Désiré (15).
Javin (16).
Manoir du Lys (17).
Les Rosiers (18).
Sans-Souci (19).
Le Vallon (20).

Beaumont (21).
Beau-Site (22).
Carmen.
Le Castel (23).
Les Cyclamens (24).
Le Dante (25).
Les Glycines (26).
L'Hippodrome (27).
Pasquier (28).
Saint-François (29).

(1) Par lettre alphabétique.
(2) OEuvre de bienfaisance pour personnes peu fortunées.

STATION THERMALE

DE

BAGNOLES-DE-L'ORNE

OU DE

BAGNOLES-TESSÉ-LA-MADELEINE

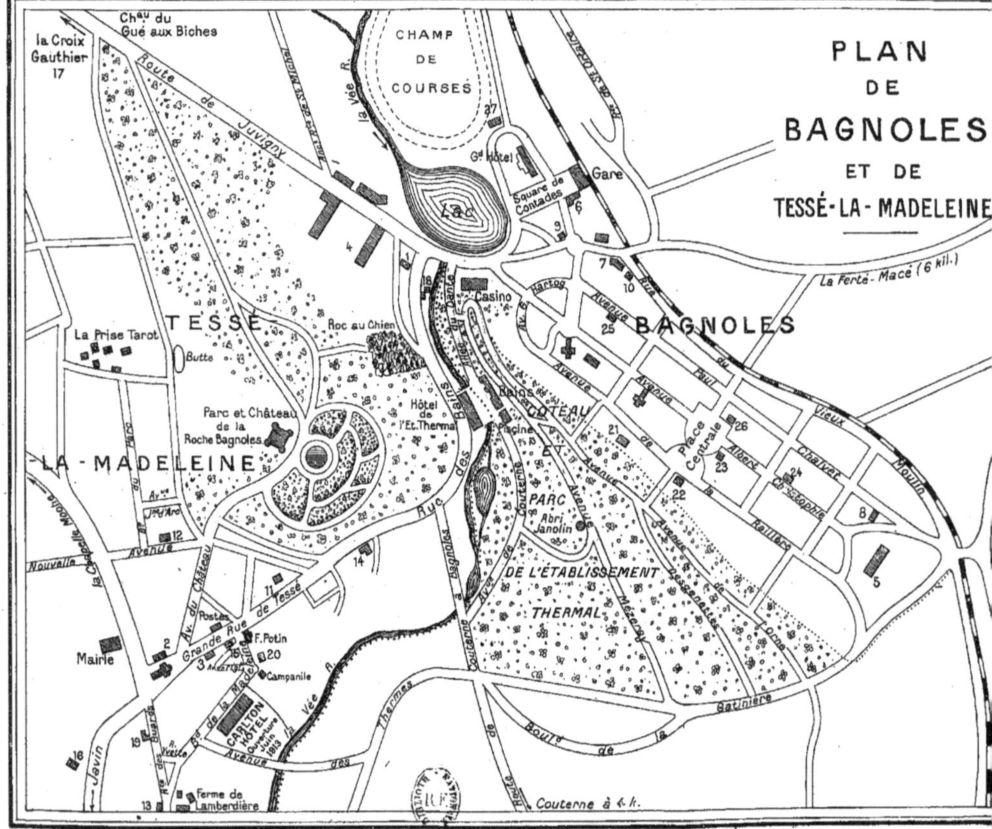

Carte éditée spécialement pour le GUIDE MEMENTO du Docteur PEYRÉ.

DISTRACTIONS

Le *Casino*, nouvellement reconstruit. Concert tous les jours, avec d'excellents artistes.

Représentations théâtrales. Café. Five o'clock.

Salles de jeux. Cercle des étrangers.

— Souvent des soirées sont organisées dans les principaux hôtels, avec le concours d'artistes de passage.

Five o'clock dans plusieurs établissements, quelquefois avec musique ; Roc au chien, Ferme du vallon (1) et les Buards (sites ravissants), Manoir du Lys (une automobile y conduit toutes les heures) ; pâtisseries Gayot, Mary et la plupart des hôtels.

Une laiterie modèle, où l'on pourra prendre le lait à la tasse, doit être installée, en 1913, à la ferme de Lauberdière, à l'extrémité du boulevard de la Madeleine à Tessé.

Bibliothèque du D⟨r⟩ Vaucher à la Mairie de Tessé-la-Madeleine.

Golf : sur la pelouse de l'Hippodrome.

Tennis : au Grand-Hôtel (pour les clients de l'hôtel) ; à l'Etablissement thermal, 2 francs l'heure. (S'adresser, pour la location, les balles et les raquettes, et pour trouver aussi des partenaires, à la vendeuse d'eau de la source des Fées, allée du Dante.) Au Manoir du Lys, à la pension Cordier, à l'hôtel de la Madeleine.

Exercices de natation (leçons) à la *piscine*.

Pêche dans le parc (s'adresser à l'établissement thermal) et dans les rivières, la Vée, la Mayenne, la Gourbe, très poissonneuses (truites, anguilles, écrevisses, etc.).

Chasse (se renseigner pour les chasses libres).

Courses sur le bel hippodrome de la station (15 et 16

---

(1) Suspension momentanée.

août) et dans les environs : Mortagne, Carentan, Nonant-le-Pin, Couterne, Ecouché, Alençon, Argentan.

Fêtes patronales : Juillet : Tessé-la-Madeleine, Couterne, la Chapelle-Moche, etc.

Août : Tinchebray, Juvigny, la Brochardière.

Septembre : Perrou, La Ferté, Grais.

Nombreux comices agricoles permettant d'apprécier l'élevage normand.

Mais les plus salutaires des distractions sont certainement les nombreuses promenades et excursions que l'on peut faire à Bagnoles même et dans ses environs, particulièrement dans les parcs et les forêts qui l'entourent. Celles-ci sont sillonnées de larges routes bien entretenues, qui permettent même aux automobilistes de les parcourir dans tous les sens. Quant aux promeneurs à pied, ils apprécieront surtout les vertes allées. Et, pendant que les enfants rechercheront les baies de myrtilles, dont ils sont si friands, les neurasthéniques, les convalescents, les surmenés feront une délicieuse cure d'air et de repos à l'ombre des hautes futaies, dans une atmosphère imprégnée de lumière et tonifiée par l'ozone et les senteurs sylvestres.

Syndicat d'Initiative

DE

TESSÉ-LA-MADELEINE

—

Le Syndicat d'initiative de Tessé-la-Madeleine qui, avec des ressources restreintes, fait tous ses efforts pour rendre ce côté de la station de plus en plus agréable aux étrangers, a récemment créé à Paris, 190, boulevard Haussmann, un bureau de renseignements, où l'on peut demander toutes les indications utiles, consulter l'horaire des trains, la carte, et bientôt le plan en relief du pays. Ce bureau est sous le patronnage de M. E. Durand, propriétaire, 145, rue de Belleville, à Paris.

Pour tous autres renseignements, pour tous dons ou adhésions au Syndicat, pour le signalement de toutes les améliorations désirables dans cette partie de la station thermale, écrire au Président du Syndicat, Dr Peyré, villa le Campanile, à Bagnoles-Tessé-la-Madeleine (à Paris, l'hiver, 113, boulevard Exelmans), ou au secrétaire général, M. Leroyer, villa Sanguin, ou à M. Bigot, secrétaire de la Mairie, trésorier.

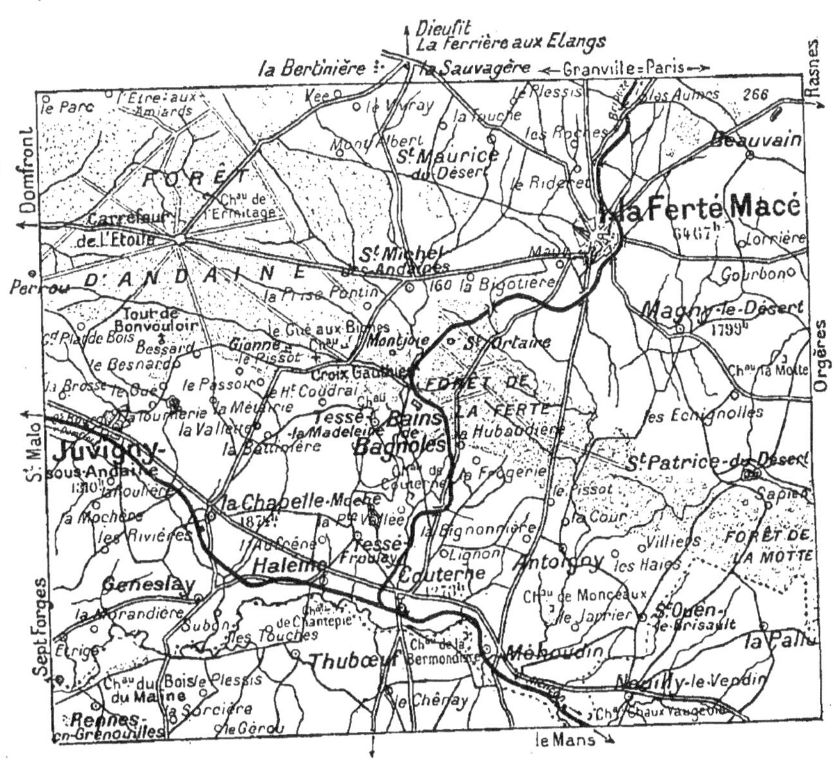

CARTE DES ENVIRONS DE BAGNOLES ET DE TESSÉ-LA-MADELEINE